《封神演义》和神魔小说

◎ 主编　金开诚

◎ 编著　刘永鑫

吉林出版集团有限责任公司

吉林文史出版社

图书在版编目（CIP）数据

《封神演义》和神魔小说 / 刘永鑫编著 . 一长春：
吉林出版集团有限责任公司，2011.4（2022.1重印）
ISBN 978-7-5463-4989-3

Ⅰ.①封… Ⅱ.①刘… Ⅲ.①古典小说－小说研究－
中国 Ⅳ.① I207.41

中国版本图书馆 CIP 数据核字（2011）第 053403 号

《封神演义》和神魔小说

FENGSHEN YANYI HE SHENMO XIAOSHUO

主编/金开诚 编著/刘永鑫

项目负责/崔博华 责任编辑/崔博华 邱 荷

责任校对/邱 荷 装帧设计/柳甬泽 张红霞

出版发行/吉林文史出版社 吉林出版集团有限责任公司

地址/长春市人民大街4646号 邮编/130021

电话/0431-86037503 传真/0431-86037589

印刷/三河市金兆印刷装订有限公司

版次/2011 年 4 月第 1 版 2022 年 1 月第 5 次印刷

开本/650mm×960mm 1/16

印张/9 字数/30千

书号/ ISBN 978-7-5463-4989-3

定价/34.80元

编委会

主　任: 胡宪武

副主任: 马　竞　周殿富　董维仁

编　委(按姓氏笔画排列):

于春海　王汝梅　吕庆业　刘　野　孙鹤娟

李立厚　邴　正　张文东　张晶昱　陈少志

范中华　郑　毅　徐　潜　曹　恒　曹保明

崔　为　崔博华　程舒伟

前 言

　　文化是一种社会现象，是人类物质文明和精神文明有机融合的产物；同时又是一种历史现象，是社会的历史沉积。当今世界，随着经济全球化进程的加快，人们也越来越重视本民族的文化。我们只有加强对本民族文化的继承和创新，才能更好地弘扬民族精神，增强民族凝聚力。历史经验告诉我们，任何一个民族要想屹立于世界民族之林，必须具有自尊、自信、自强的民族意识。文化是维系一个民族生存和发展的强大动力。一个民族的存在依赖文化，文化的解体就是一个民族的消亡。

　　随着我国综合国力的日益强大，广大民众对重塑民族自尊心和自豪感的愿望日益迫切。作为民族大家庭中的一员，将源远流长、博大精深的中国文化继承并传播给广大群众，特别是青年一代，是我们出版人义不容辞的责任。

　　本套丛书是由吉林文史出版社和吉林出版集团有限责任公司组织国内知名专家学者编写的一套旨在传播中华五千年优秀传统文化，提高全民文化修养的大型知识读本。该书在深入挖掘和整理中华优秀传统文化成果的同时，结合社会发展，注入了时代精神。书中优美生动的文字、简明通俗的语言、图文并茂的形式，把中国文化中的物态文化、制度文化、行为文化、精神文化等知识要点全面展示给读者。点点滴滴的文化知识仿佛颗颗繁星，组成了灿烂辉煌的中国文化的天穹。

　　希望本书能为弘扬中华五千年优秀传统文化、增强各民族团结、构建社会主义和谐社会尽一份绵薄之力，也坚信我们的中华民族一定能够早日实现伟大复兴！

目录

一、神魔小说的起源

（一）神魔小说的历史变迁

神魔小说的发展经历了一个漫长的历程。在远古时期，由于人们对社会、自然及人类本身认识低下，无法解释很多现象，对世界万物都有一种神秘感，这直接促成了中国古代神话的萌芽，人们由此创造出了多种类型的神话传说。这些传说经过历朝历代人们的不断丰富，一直延续至今。下面，就让我们一

起看看神魔小说在历史发展过程中的几
个典型时期。

1. 远古神话

中国远古神话发源于"九州岛"，也
就是中国文明的中心区域。就现存材料
来看，中国上古神话的主题比较集中于
灾难、救世、文化超人等方面。

中国神话中文化超人的材料真可谓
汗牛充栋，不能胜记。如始画八卦的庖
牺氏，发明用火的燧人氏，建筑居室的

有巢氏，发展种植业的神农氏，发明丝织养蚕的嫘祖，创制牛车的王亥，发明弓矢的少昊之子以及创造不可胜数的黄帝。

关于中国神话的创世，有两种说法。

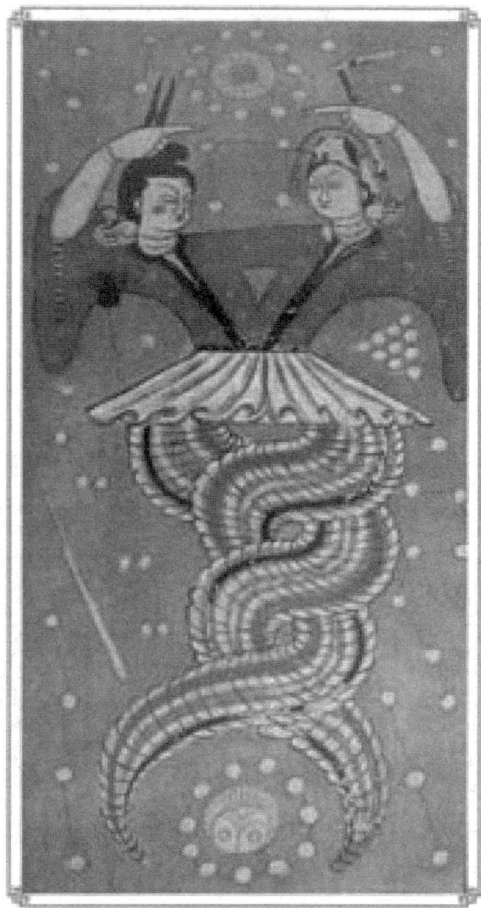

一是女娲"创世"，女娲是中国上古神话中的创世女神。传说女娲用黄土仿照自己造成了人，创造了人类社会。还有传说女娲补天，即自然界发生了一场特大灾害，天塌地陷，猛禽恶兽都出来残害百姓，女娲熔炼五色石来修补苍天，又杀死恶兽猛禽。另传说女娲制造了一种叫笙簧的乐器，于是人们又奉女娲是音乐女神。至今中国云南的苗族、侗族还将女娲视为本民族的始祖加以崇拜。

  还有一个说法就是盘古开天地。传说在天地还没有开辟以前，宇宙就像是一个大鸡蛋一样混沌一团。有个叫做盘古的巨人在这个"大鸡蛋"中酣睡了约18000年后醒来，发现周围一团黑暗，于是盘古张开巨大的手掌向黑暗劈去，只听一声巨响，"大鸡蛋"碎了，千万年的混沌黑暗被搅动了。其中又轻又清的东西慢慢地上升并渐渐散开，变成蓝色

的天空；而那些厚重混浊的东西慢慢地下降，变成了脚下的土地。凭借着自己的神力，盘古终于把天地开辟出来了，此时，他已筋疲力尽。盘古临死前，他嘴里呼出的气变成了春风和云雾；声音变成了雷霆；他的左眼变成了太阳，右眼变成了月亮；头发和胡须变成了夜空的星星；他的身体变成了东、西、南、北四极和雄伟的三山五岳；血液变成了江河；筋脉变成了道路；肌肉变成了农田；牙齿、骨骼和骨髓变成了地下矿藏；皮肤和汗毛变成了大地上的草木；汗水变成了雨露；而盘古的精灵魂魄在他死后变成了人类。

2. 魏晋南北朝时期的志怪小说

志怪小说主要指魏晋时代产生的一种以记述神仙鬼怪为内容的小说，也包括汉代的同类作品。是在受当时盛行的神仙方术之说而形成的侈谈鬼神、称道灵异的社会风气的影响之下形成的。

志怪小说的内容很庞杂，大致可分

为三类：炫耀地理博物的琐闻，如东方朔的《神异经》等；记述正史以外的历史传闻故事，如托名班固的《汉武帝故事》等；讲说鬼神魔异的迷信故事，如东晋干宝的《搜神记》等。志怪小说对唐代传奇产生了直接的影响。

魏晋南北朝时期是一个战乱频繁的年代，人们生活困苦，饱受压迫，只能从鬼事中寻求安慰。这一时期的志怪小

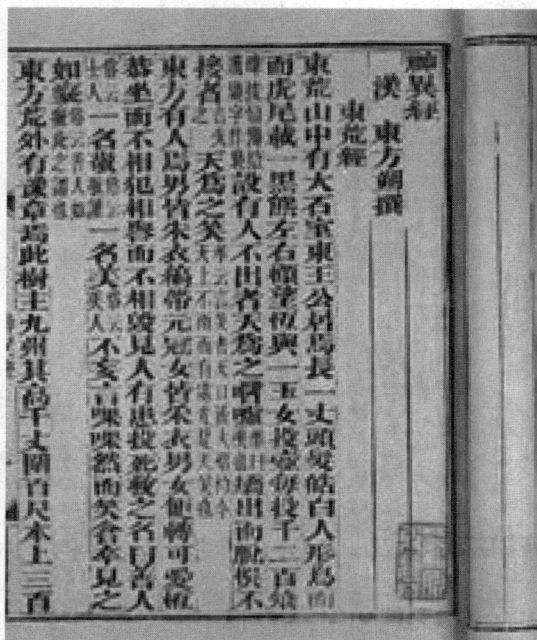

说创造出了丰富多彩的志怪内容，它作为一种素材为以后的小说、戏曲提供了大量的形象和题材来源。

魏晋南北朝的志怪小说，数量很多，保存下来的完整与不完整的尚有三十余种。其中比较重要的有托名汉东方朔的《神异经》《十洲记》，托名郭宪的《汉武洞冥记》，托名班固的《汉武帝故事》《汉

武帝内传》，托名魏曹丕的《列异传》，
晋张华的《博物志》，王嘉的《拾遗记》，
荀氏的《灵鬼志》，干宝的《搜神记》，托
名陶潜的《搜神后记》，王琰的《冥祥记》，
刘义庆的《幽明录》，南朝梁吴均的《续
齐谐记》，北齐颜之推的《冤魂志》等。
其中干宝《搜神记》成就最高，是这类
小说的代表。

　　志怪小说的内容包含了很多远离佛、道宗教因素的善恶报应的内容，也有佛教宣传教义的因果报应的内容，这些小说客观上起到一定的劝惩作用。善恶报应蕴涵的道德价值是值得肯定的，只是在当时的封建社会，由于法纪不严明、法律不平等，善恶的因果报应往往得不到体现。

　　魏晋南北朝时期可以说是我国小说发展史上宗教感最强的时期。《搜神记·董永》中的董永自幼丧母，靠自己种地劳动养活父亲。父死，无钱安葬，永便自

卖其身以葬父。后人传为佳话，拥永为孝子楷模，列为二十四孝之一。为宣传之需，将董永作为文学创作题材，并加以神化，遂有董永至孝、感动天地、仙女助织还债的故事。表面上是一个人仙结合的爱情故事，实际上则是董永的孝心感动了天帝，天帝派织女下凡帮助董永偿债，偿债完毕后，织女就"凌空而去，不知所在"了。

3. 唐传奇

唐传奇是指唐代流行的文言短篇小说，它远继神话传说和史传文学，近承

魏晋南北朝志怪和志人小说，是一种以史传笔法写奇闻逸事的小说体式。唐传奇内容更加丰富，题材更为广泛，艺术上也更成熟。唐传奇"始有意为小说"，标志着中国古代小说创作进入了一个新的创作阶段。

唐朝时期，社会稳定，经济繁荣，人们安居乐业。这一时期的作品大多充满自信和浪漫的精神，内容上多为人们建功立业和追求浪漫奇遇生活。唐传奇在文学的想象、精神和题材方面，是和六朝志怪一脉相承的；在文体方面则继承了《史记》以来的叙事传统，在具有浪漫精神的同时，具有更完整的叙事、更婉转的情节、更细致的描写、更真切的人情。这一时期，产生了很多优秀的作品，唐传奇成为我国文言小说发展过程中的第一个高峰。

唐传奇在神魔小说的发展过程中起着关键的作用。在唐传奇中，仍然有很

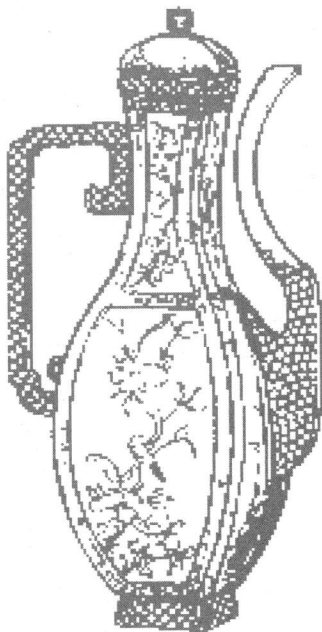

多神仙、鬼怪以及因果、宿命的元素。但是人们对现实的社会和人生倾注了更多的关注。

唐传奇除记述神灵鬼怪外，还大量记载了人间的各种世态，人物有上层的，也有下层的，反映面较过去更为广阔，生活气息也较为浓厚。在艺术形式上，"叙述婉转，文辞华艳，与六朝之粗陈梗概者较，演进之迹甚明"。唐传奇的出现，标志着中国古代短篇小说趋于成熟。

　　唐传奇对神魔世界的描绘主要是为了表现作家的现实情感。传奇中的人神相爱、人鬼（魂）相爱、人狐相爱、普通士子和闺中女子的相爱，已不再是宗教的善恶果报，而是表现了作家对美好爱情的憧憬和愿望，写出了青年男女获得真挚爱情艰难曲折的过程。

　　《古镜记》中主人公王度，自述大业七年从汾阴侯生处得到一面古镜，能辟邪镇妖，携之外出，先后照出老狐与大蛇

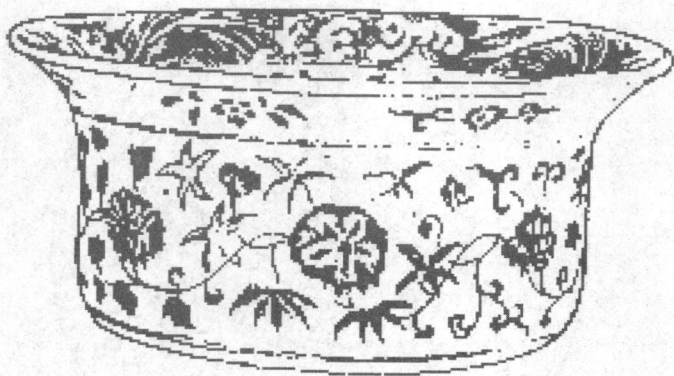

所化之精怪，并消除了疫病，出现了一系列奇迹。后其弟王绩出外游历山水，借用古镜随身携带，一路上又消除了许多妖怪。最后王绩回到长安，把古镜还给王度。大业十三年古镜在匣中发出悲鸣之后，突然失踪。篇中以几则小故事相连缀，侈陈灵异，辞旨诙诡，尚存六朝志怪余风。但篇幅较长，加强了细节描写和人物对话，富有文采，代表着小说从志怪演进为传奇的一个发展阶段。

《柳氏传》讲述了寒士韩翊与富而爱才的李生为友。李生有个美貌如花的姜柳氏，爱慕韩翊的才华，李生得知柳氏的心意，便将柳氏嫁给韩翊。后来安史之乱，柳氏剪发毁形，寄身佛寺。两京收复后，韩翊让人去找柳氏，并寄以诗曰："章台柳，章台柳，昔日青青今在否？纵使长条似旧垂，亦应攀折他人手。"柳氏感泣，答以诗，希望早日团聚。不久，柳氏被人劫去。一日，柳氏偶于车中见韩翊并紧随其后，于是女婢将其处境告诉韩翊。后韩翊救出柳氏，两人团圆。许尧佐通过这一发生在动乱岁月中的悲

欢离合故事，歌颂了坚贞的爱情，并从侧面透露了安史之乱及乱后番将跋扈给人民带来的灾难，成功地刻画了柳氏等人的鲜活形象。

4. 神魔小说

中国神魔小说来源于鲁迅的提法，该类小说在明清时期较为兴盛。有《西游记》《封神演义》《镜花缘》等优秀作品，

野叟曝言

但在避讳宣传"怪、力、乱、神"的中国古代，该流派小说的作者或者湮灭，或者不知真名，或者作品被禁止。其语言风格不拘一格，想象力丰富，背景或为虚幻或为海外某地假托，综合宗教、神话等民间喜闻乐见的形式，因此至今广为传诵。不少文人或依历史事件，或

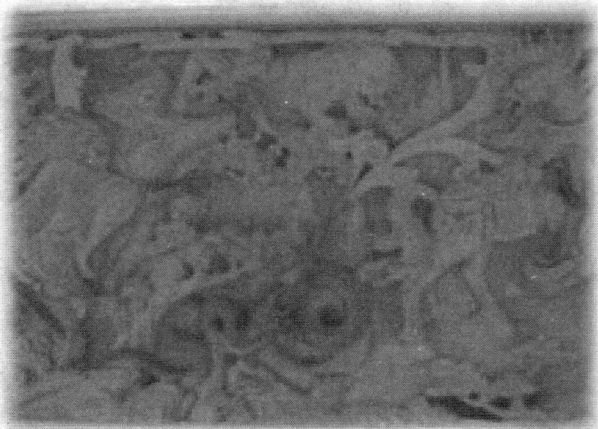

依流行的神魔故事，写了大量名著。

神魔小说主要有：《西游记》（吴承恩）、《封神演义》（许仲琳，一说陆西星）、《镜花缘》（李汝珍）、《绿野仙踪》（李百川）、《野叟曝言》（夏敬渠）、《女仙外史》（吕熊）、《三宝太监西洋记》（罗懋登）、《八仙全传》（无垢道人）、《三遂平妖传》（罗贯中）、《后西游记》（天花才子评点）、《西游补》（董说）。

《西游记》是中国小说甚至中国文学、中国经史子集所有著作中知名度最大的著作，可谓妇孺皆知。《西游记》共一百回，是以唐玄奘西天取经途中发生的故事为主干，记述了三藏法师一行四人，历尽千辛万苦，经过九九八十一难，最终扫尽沿途妖魔鬼怪、取回真经的故事。这是一部充满浪漫主义色彩的中国古代神话幻想小说，它神幻离奇、浪漫诙谐、雅俗共赏，人物性格刻画鲜明，堪称文林独秀。

《西游记》着重表现了孙悟空斩妖除怪、不畏艰险、勇往直前、积极乐观的斗争精神和美好品德，突出地表现了他在跟妖魔作斗争中显示出的坚强的斗争决心和高超的斗争技巧，例如，他善于透过迷人的假象认清妖怪的本来面目；

他总是除恶务尽，从不心慈手软；斗争中注重了解敌情，知己知彼，克敌制胜，根据不同的斗争对象，变换不同的策略和战术等等。凡此，都是现实生活中人民群众长期社会斗争经验的艺术概括。

《西游记》创造了神奇绚丽的神话世界，具有强烈的艺术魅力。天上地下，

西游记

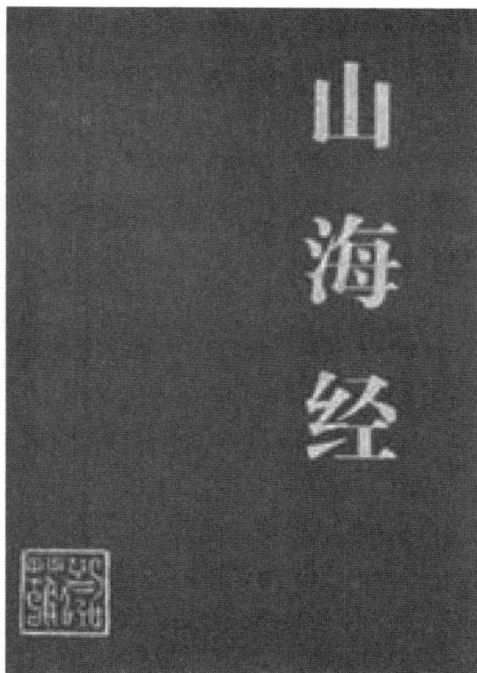

龙宫冥府，为人物的活动开辟了广阔的天地，可以无拘无束地充分施展其超人的本领。情节生动、奇幻、曲折，表现了丰富大胆的艺术想象力。

另有《镜花缘》，为嘉庆朝李汝珍在海州（今连云港市）所作，受《山海经》《红楼梦》影响颇大，内容不仅光怪陆离，且充满才华，乃千古奇作。又有《封神

演义》，受《西游记》《三国演义》影响，（杨戬斗袁洪、黄飞虎过五关）在神魔小说中影响力仅次于《西游记》。《野叟曝言》亦曾红极一时。

（二）神魔小说产生的原因

任何小说流派的繁盛都与其所处的社会文化背景有着或隐或显的关系，然使其真正发光却是来自民间的魅力。神魔小说的产生和发展正是受到古代人们心理上普遍存在的神秘感的影响。

神魔小说是文学史上年代最为久

远、数量最为丰富的，以神魔鬼魅等非人世、非现实事物为描写对象的作品，历代许多文人学士如曹丕、张华、干宝、陶潜、刘义庆、祖台之、牛僧孺、段成式、洪迈、罗贯中、吴承恩、蒲松龄、袁枚、纪昀、王韬等，都曾满怀艺术激情，创作了大量神魔小说的不朽之作。

1. 神魔小说的产生根源于唯物主义

远古时期，人类开始关注天地万物，对很多自然现象无法正确解释，于是在

头脑中产生一种神秘感，创造出很多鬼神形象。这种神秘感来源于原始思维和远古的鬼神信仰，来源于对未知世界的探求和思索，而道教的出现和佛教的传入，又使神秘感进一步强化。神秘感影响下的作家的创作心理和读者的接受心理，对神魔小说的繁荣起到极大的推动作用。

被称为"古今语怪之祖"的古老典籍《山海经》是中国先秦古籍，全书共十八卷，其中《山经》五卷，《海经》八卷，

《大荒经》四卷，《海内经》一卷，共约31000 字。该书涵盖了民间传统地理知识，包括山川、地理、民族、物产、药物、祭祀、巫术等，保存了不少远古的神话传说；记载了一百多邦国，五百五十座山，三百水道以及邦国山水的地理、物产和风土人情。

《山海经》最重要的价值在于它保存了大量神话传说，记录了祖国的山川及其中蕴藏的"珍宝奇物"以"类物善恶"，

反映了先民对于"外物"的高度重视。这些神话传说除了我们大家都很熟悉的如夸父逐日，鲧、禹治水等之外，还有许多是人们不大熟悉的，是今天我们研究原始宗教的难得材料。同时神话传说在一定程度上又是历史。

2. 神魔小说与宗教的关系

中国早期出现的神魔小说，宗教色彩是相当淡薄的，这与当时宗教未兴的社会状况相关。而随着宗教在社会生活中的出现和发展壮大，如佛教天竺东来、道门中土勃兴，宗教特含的那种丰富的想象力和虚构的幻想世界正与神魔小说所追求的趋向相契合，则神魔小说中引入宗教文化成分也就是势在必行了。宗教自身为了发展壮大，也在积极催生甚至直接创造着小说，如此之下几百年，到了明清长篇幅大部头的神魔小说出现之时，可以说已经没有一部作品中不存在或佛或道的宗教影子了。

明代中叶以后，整个文化思潮趋向于儒、道、佛三教归一。

宣扬"三教合一"是神魔小说出现
的社会和思想环境，但神魔小说本身却
不是宣扬宗教的教义。神魔小说出现的
背景，是在宗教的影响下，人们对神秘
未知世界的揣度，之所以"幻惑故遍行
于人间""妖妄之说自盛"，是在人们的
意识当中存在着另外一个和人世并行共
存的神秘世界和空间，那里是神仙和魔
怪生存的地方。

在六朝志怪小说中，处处可以感受

到宗教对小说的巨大影响，佛、道两教方士的自神其教及求仙得道、善恶报应随处可见。佛、道两教为争夺教众，通过小说自神其教的作品比比皆是，这些宣教作品的目的自然是宣扬其宗教的神秘性。

《神仙传·张道陵》就是讲述张道陵得道的经过。张道陵生性聪明，悟性极佳，7岁便能通读《道德经》，对天文地理、经书谶纬一点就通，举一反三。

建武中元（56 年）四月光武帝举贤良方正，张道陵被荐入太学学习，明帝永平年间授以江州令。因厌于官场，毅然辞官修道，拜魏伯阳为师，入阳羡山中修炼长生之道。后到天目山设坛讲道，声名远播。出浙江后，沿淮河、黄河、洛河游历，在洛阳北邙山修炼三年，功力大进，携弟子王长、赵升赴桐柏太平山、贵溪云锦炼天神丹。丹成之后，云锦山上时有龙虎之形显现，故人们改称此山为"龙虎山"。后又在河南嵩山石室之中寻得《三皇内经》《黄帝九鼎经》《太清丹经》等秘籍符录，道业已出神入化。闻知巴蜀之地疹气为灾，遂带二徒急急赶去，解民困苦。汉顺帝永和六年（141年）著成《道书二十四篇》；汉安元年（142年），在鹤鸣山中正式倡立道教，奉老子为"太上老君"，自任教主。因凡初入教者需交五

斗米为本，故称之为"五斗米教"，对当时和后世都产生极其深远的影响。汉桓帝永寿二年（156年）正月初七日，张道陵在众人目睹之下白日升天，时年123岁。

《西游记》便是这种宗教大融合思潮下创作出的神魔世界的杰出之作，是我国古代神魔小说的压卷之作。书中多有关于佛、道的描写，以唐僧取经作为贯穿全文的线索，弥漫着对于佛教极乐世界的向往。但来自民间的作者吴承恩似乎对民间传统和道教方术更为熟悉，他认同道教的内丹派，常常使用如心猿意马、金公木母、灵台方寸一类的比喻性术语，甚至将"三藏真经"中的三藏用民间道教的"谈天说地度鬼"来解释。

而当评判世道人心时，又自然以儒学作为衡量的标准。《西游记》的出现，是佛教题材成功溶入神魔小说的划时代标志，它最突出的成就是第一次将观音从顶礼膜拜的符号变成了集真、善、美于一身的艺术形象。

《封神演义》也体现了很浓重的宗教元素在其中。这部作品描绘了一场规模宏大的神魔战争，也塑造出了一个包容

庞大的神魔阵营。正如中国古代的其他神魔小说一样，这些神魔大多是取自佛道二教，身上带有宗教文化的影子，而许多宗教观念和宗教意识在书中也随处可见。从"老子""元始天尊""接引""准提"等主要人物的姓名，逍遥超脱、生死轮回等宗教观念意识中我们都可以体会得到。《封神演义》表现出中国文化中明显的"合一"思想。在《封神演义》中除了有着明确教派归属的阐教、截教、西方教派的众神，还有相当数量的无教派分子，例如"武夷山散人"萧升、曹宝，"西昆仑闲人"陆压，"白云洞散人"乔坤等。燃灯道人似乎也是一位不列于教宗之中的散人。他道行甚高，每逢阐教有难，他就会自动跑来帮忙，他的立场是鲜明地站在阐教这一边的。

纵观各种宗教在中国的发展史，许多外来宗教都曾在不同阶段煊赫一时，但从长远来看，真正反映了中国民众的生活情趣、吸收了中国文化的渊源、给予中国人最深远影响的还是道教。佛教

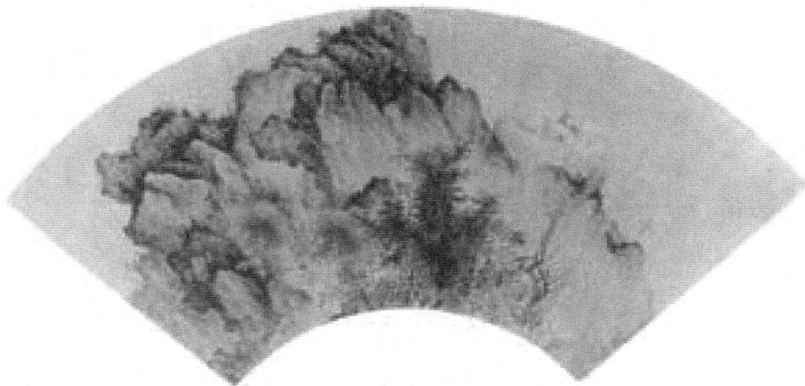

虽然在充分汉化后也已经融入了华夏文明之中，但相比道教对中国文化影响之深，其仍是差距难免。

鲁迅在《中国小说的历史的变迁》中提到中国的宗教斗争时说道："历来三教之争，都无解决，大抵是互相调和，互相容受，终于名为'同源'而后已……思想是极模糊的。"用这段话来解释《封神演义》中纷乱芜杂的道释文化交融现象似乎正得要义。许仲琳的《封神演义》与同时期其他形形色色的神魔小说一起，构成了我国历史上幻想文学的最辉煌的阶段。书中所展现的文化汇合更成为明代文化交流与融合的一面镜子，具有一定的文学和社会学价值。

由此可见，"三教同源"的文化背景对神魔小说具有极大的催生作用。然鲁迅在某种程度上对所谓"三教同源"是持否定态度的，认为这种情况实际上也

反映了中国国民性中"无特操"的一面，从本质上讲就是无坚定的宗教和文化信仰，而只是在一种鄙俗的自私的心态下随世俯仰，毫无定见的精神状态。

3. 神魔小说的产生与侠文化有着密切关系

受明中叶以来个性解放思潮的影响，明代作品中人物的侠意识较多受主体自

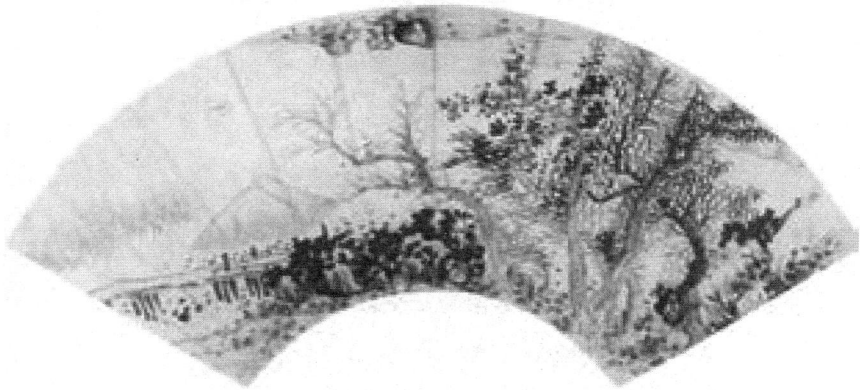

由人格的支配，行侠仗义多出于个人意志，不受外界左右，表现了人类主张个性的张扬。

神魔小说多角度地展示了侠文化的影响，体现了侠义精神的文化本质。神魔小说与侠文化的不解之缘是由这个流派产生的社会历史环境决定的。明清时代已步入封建社会的衰落期，生产关系与生产力的不适应性更加突出。内忧外患、天灾人祸、兵匪盗贼、贪官污吏，地痞恶霸构成了苦难百姓凄惨的生活图

景。仅以神魔小说发生与鼎盛期的万历年间论，即可窥斑知豹。明中叶以来，皇帝无不昏庸荒淫，任由宦官专权，兼并土地，为所欲为。神宗万历皇帝更有过之而无不及。这位被臣下称之为"酒色才气"四全的帝王，曾三十年不临朝视政，每日沉湎声色。明代社会形势的急剧恶化便是从他开始的，兵变、民变、边患，加之自然灾害，整个社会可谓暗无天日。据《万历邸钞》记载，万历十五年，南北各地旱、涝、蝗灾并起，"处处皆荒，饥民抢掠四起，不可胜数，疫死者以万数……"上述情形在神魔小说中都有曲折反映。

有关济公的故事传说，在南宋时代即已开始流传。在济公故乡天台一带流传的多是他的出世、童年生活、戏佞、惩恶、扶困济贫的故事，其中如"济公出世""小济公芥菜叶泼水救净寺""利济桥""棒打寿联""赭溪救童""修缘出家"等广为流传。而在杭嘉湖一带流

传的故事内容更为广泛，因为这里是济公出家后的主要生活和活动场所，其中以"飞来峰""古井运木""戏弄秦相府"等故事最为脍炙人口。直至明末清初，一部描写济公传奇事迹的著作《济公传》问世了。

《济公传》主要讲述济公济困扶危、惩治强梁、与为富不仁者作对的故事。

济公原名李修缘，系"罗汉转世"，27岁出家灵隐寺。他不戒酒肉，佯狂似颠，故称济颠。该书目多由济公降世、十度说起，至三探娘舅、九僧擒韩殿、西天朝佛缴法旨止。其中有淫贼华云龙盗走相府珠冠，济公三擒华云龙；金山寺八魔炼济颠，太乙真人、长眉罗汉助济公降魔；小西天盗贼狄之昭杀人移祸，狄小霞、谭宗旺错配夫妻，济公点化狄小霞共破小西天；五云阵斗法等主要回目。

哪吒闹海是人们熟悉的神话故事。传说托塔李天王在陈塘关作总兵时，夫人生下一个肉蛋。李天王认为是不祥之物，一剑劈开，却蹦出一个手套金镯、腰围红绫的俊俏男孩，这就是后来起名为哪吒的神童。哪吒自幼喜欢习武，有一天，他同小朋友在海边嬉戏，正好碰上东海龙王三太子出来肆虐百姓，残害儿童。小哪吒见此恶徒，义愤填膺，挺身而出，打死三太子又抽了它的筋。东海龙王得知此讯后，勃然大怒，降罪于哪吒的父亲，随即兴风作浪、口吐洪水。小哪吒不愿牵连父母，于是自己剖腹、

剜肠、剔骨，还筋肉于双亲，借着荷叶莲花之气脱胎换骨，变作莲花化身的哪吒。后来大闹东海，砸了龙宫，捉了龙王。人们借助这个神话故事，发泄对造成水害的龙主王（最高封建统治者）即"真龙天子"的怨恨。

神魔小说的侠意识突出表现在对于忠孝节义的宣扬，这与清代统治者推行的文化政策密切相关。清人入关以来就注意以程朱理学恢复对人们的思想的约束，且大兴文字狱，终清一代文祸不断。明中叶以来宽松的人文环境复为主流传

统所侵占，文化失控状态回归于伦理轨道。在理学再行主导的文化环境中，神魔小说的侠义精神不可能不染上忠孝伦理色彩。《济公传》《八仙全传》笼罩全篇的观念是"孝"，济公扶助的对象如樵夫高广应、手工业者董士宏等都是"事母至孝"者，而凡是遇到不孝者，济公无不予以惩处，令其改过。如此神道设教在该期的神魔口中比比皆是。

二、神魔小说的特点

（一）神魔小说体现了对外物的关注

一提起神魔小说，人们就会想到神与神之间、魔与魔之间或神与魔之间的故事。其实除了对神魔的描写外，神魔小说还十分关注外物，这些对外物的描写可以烘托气氛，增强小说的趣味性，使读者有身临其境的感觉。

东方朔的《神异经》中就记载了许

多异物，高千丈、围百丈、本上三百丈
的樟树；高八十丈、叶长一丈、广六七
尺的桑树；其子径三尺二寸、食之令人
益寿的桃树；昼夜火燃、得暴风不猛、
猛雨不灭的"不昼之木"；三百岁作花、
九百岁作实、食之不畏水火、不畏白刃
的"如何树"；重千斤、毛长二尺、居火

洞中、以水浇之即死的火鼠；居于百丈厚冰下、重千斤的蹊鼠；高千尺、飞时其翼相切如风雷的大鸟；昼在湖中、夜化为人、刺之不入、煮之不死的横公鱼；生在蚊翼之下、藏于鹿耳之中、既细且小的蠛虫等等，这些异物看似不可思议，却符合神魔所生活的世界，再如任昉的《述异记》，也记录了许多殊方异域的珍奇动植物，如"吐绶长一尺、须臾还吞之"的吐绶鸡，"春生碧花，春尽则落；夏生红花，夏末则凋；秋生白花，秋残则萎；冬生紫花，遇雪则谢"的长春树之类。

这些遐想的动植物，由于与人们的日常经验相距甚远，故被视之为"异"。

到唐代后期，出现了又一部神魔小说集即张读的《宣室志》，该书也不无例外地对外物进行了大量的描写。青蛙、蚯蚓、蜘蛛、蛴螬、蛇、犬、鼠、兔、狐、猿、驴、马、柳、槐、杉、丹桂、葡萄、蓬蔓、梨、人参、水银等等，都衍生出许多曲折动人的故事。

编成于太平兴国三年的《太平广记》是宋人编的一部大书，全书按题材分为九十二类，其中神魔故事所占比重最大。

而这部书的重大价值，在于它第一次以自己独特的眼光对丰富的小说遗产进行了新的分类，指明了神魔小说的本质特征乃在对于"物"亦即大自然的重视。此书将"神仙"和"女仙"置于全书的开头，紧接其后的是与道释两家有关的内容，但这并不意味着编者有"宣传宗教迷信"的用意，只不过是为了适应世俗的习惯罢了。"神仙"实际上是"仙"，而"神"则是由世上的万物（也包括人）生发变

化而成的,《太平广记》将二者明确区分开来,具有特殊的意义。尤其重要的是,山、石、木,是一切生物(包括人类)必要的生存环境,是一切生命存在的前提,这一列目的建立,本身就是一大突破。草木(又分为木、草、草花、木花、果、菜、五谷、茶、芝、苔、香药等)、畜兽(又分为牛、马、骆驼、骡、驴、犬、羊、豕、猫、鼠、鼠狼、狮子、犀、象、狼、鹿、兔、猿、猕猴、猩猩、狨及专门列目的狐、虎)、

禽鸟（又分凤、鸾、鹤、鹄、鹦鹉、鹰、鹃、
乳雀、燕、鹧鸪、鹊、鸡、鹅、鹭、雁、雀、
乌、枭等）以及水族和昆虫等类别的分
立，包容了众多的以生物为主角的故事，
可以说已经将中国古代神魔小说的精华
囊括无遗，真正起到了"以尽万物之情，
足以启迪聪明，鉴照古今"的作用。

（二）神魔小说体现了人与自然
的关系

我们所在的现实世界，就是由人类

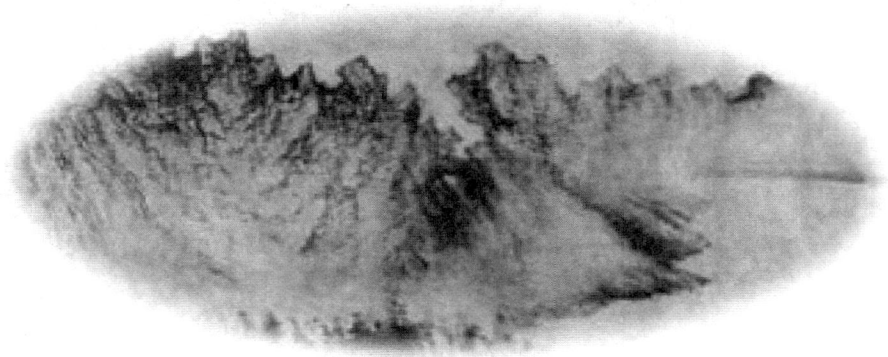

社会和自然界双方组成的矛盾统一体，
两者之间是辩证统一的关系。一方面，
人与自然相互联系、相互依存、相互渗透，
人由自然脱胎而来，其本身就是自然界
的一部分。随着生产力水平的提高，人
类认识自然、改造自然的能力不断增强，
现在的自然已经不是原来意义上的自然，
而是到处都留下了人的意志印迹的自然，
即人化了的自然。另一方面，人与自然之
间又是相互对立的，人类为了更好的生

存和发展，总是要不断地否定自然界的自然状态，并改变它。而自然界又竭力地否定人，力求恢复到自然状态。人与人之间的关系，在一定程度上可以说是建立在人与自然关系的基础之上的，或者说是由人与自然的关系派生出来的。正因如此，中国传统的文学作品，除了重视反映人与人之间的关系，还十分重视反映人与自然之间的关系，而后者则是神魔小说所独擅的领地。

体现人与自然之物（神魔正是物的变形）之间的沟通和理解的《搜神记》中，有一篇《感应篇》。叙述的是：晋魏郡亢阳，农夫祷于龙祠，得雨，将祭谢之。

孙登见曰："此病龙雨，安能苏禾稼乎？"嗅之，水果腥秽。龙时背生大疽，闻登言，变为一翁求治，曰："疾瘳，当有报。"能呼风唤雨的龙，反过来要求弱小的凡人为之诊治，这种人神本领倒置的现象，在《搜神记》中并不是孤立的。卷二十《黄衣童子》写杨宝救出为鸱所搏的黄雀,《隋侯珠》写隋侯救出被砍断的大蛇，都是历来为人熟知的故事。

祖台之的《志怪·陈悝》也反映了人与自然之物之间的关系。水中之神江黄误落陈悝设下的鱼网之中，失去了生存所必需的水，还遭到小人的凌辱。但对于陈悝，江黄并不表示怪罪，因为那是他为了维持生计的正常生产活动，唯独对于凌辱自己的小人，却要进行惩罚，集中表达了弱小动物也需要得到人的尊重的深刻内涵。

戴孚《广异记》中此类故事更多，如：张渔舟结庵海边，有虎夜间突入，举左足以示，张渔舟见其掌上有刺，乃为除之，"虎跃然出庵，若拜伏之状"（《张渔舟》）；

莫徭于江边刈芦，有大象奄至，卷之上背，行百余里，见有老象卧而喘息，举足以示，足中有竹丁，莫徭以腰绳系竹丁为拔出，脓血五六升许（《阆州莫徭》）。

在古神魔小说中，多数神魔都是某种自然之物的化身，他们远不是永恒的、万能的、至高无上的神灵，他们有自己的弱点，也都可能陷入困顿的境地，因而需要人类的帮助。而在多数场合，他们都能得到人的理解和救援。这和西方哲学家伊壁鸠鲁所认为的神是"达于完善之境的人形的东西""人总是想把人

类的美德联系到他们关于神的观念上”
是完全不同的。

前面所讲的都是仅动物要求助于人
类，其实人也时时需要动物的帮助，他
们之间是可以成为好朋友的。《聊斋志异》
中的《蛇人》，讲述的是某甲以弄蛇为业，

对蛇相当体谅爱惜，"每至丰林茂草，辄纵之去，俾得自适"。等到蛇长大，不能再表演节目了，但蛇人并不无端舍弃甚至加以杀害，而是饲以美饵，祝而纵之，让它回归大自然中；这蛇亦恋恋有故人之情，既去而复来，蛇人挥曰："世无百年不散之筵，从此隐身大谷，必且为神龙，笥中何可以久居也？"完全是从蛇自身的利益着想。陶潜《搜神后记》的《熊穴》讲到：有人误坠熊穴，须臾有大熊来，人谓必以害己，而大熊取藏

果分给熊子，另作一份置此人前，于是
双方转相狎习，此人赖以延命不死。其
后熊子长大，熊母一一负之而出，寻复
还入，坐人边，人解其急，便抱熊足跃出。
这两个故事中的人与自然的关系被体现
得淋漓尽致。

人与自然在相互联系、相互依存、
相互渗透的同时又相互对立，这一点在
神魔小说中也多有体现。

如李朝威的《柳毅传》，叙述了柳毅
历尽曲折终与龙女结亲之时，龙女犹反

复叮咛的一句话："勿以他类，遂为无心。"
小说结尾议论道："五虫之长，必以灵着，
别斯见矣。人，裸也，移信鳞虫。"作为"裸
虫"的人，与作为鳞虫的龙，终于排除
了包括心理上的种种隔阂，取得了相互
之间的真正沟通。再如《孙恪传》中讲
述秀才孙恪与由猿化成的丽人袁氏的感
情纠葛，孙恪与袁氏成亲之后，共同度
过了十余年的幸福生活，正当她促成孙
恪进入仕途，并随其南康赴任，读者期
待着一个喜剧结局的时候，事情却发生
了大的转折：袁氏每遇青松高山，凝睇
久之，若有不快意；乃至于路上看到野
猿数十连臂下于高松，悲啸扪萝而跃时，
顿时唤醒了她的野性，遂裂衣化为老猿，

追啸者跃树而去。袁氏的离去，不是因了"缘分已尽"，也不是由于男方的负心；驱使她抛撇人间真情，决然而去的根本原因，是对于大自然自由生活的怀恋和向往。

神魔小说在描绘人与异物的融合沟通的同时，对虐杀野生动物的行为也予以特别严厉的谴责。《搜神记》卷二十《猿母猿子》讲述：某人入山得猿子将之归，猿母自后遂至其家，"此人缚猿子于庭中树上，以示之。其母便搏颊

向人，欲乞哀状，直谓口不能言耳。此人既不能放，竟击杀之。猿母悲唤，自掷而死。此人破肠视之，寸寸断裂。"

刘义庆《宣验记》之《吴唐》篇讲到：吴唐春日将儿出射，正值牝鹿将麂，鹿母觉有人气，呼麂渐出。麂不知所畏，径前就媒，唐射麂，即死。鹿母惊还，悲鸣不已，唐又射鹿母，应弦而倒。至前场，复逢一鹿，上弩将放，忽发箭反激，还中其子。唐掷弩抱儿，抚膺而哭。闻空中呼曰："吴唐，鹿之爱子，与汝何异？"

祖冲之《述异记》之《任考之》篇，讲

到：任考之见树上有猴怀孕，便登木逐猴，腾赴如飞，猴知不脱，因以左手抱树枝，右手抚腹。考之擒得杀之，割其腹，有一子，形状垂产。是夜梦见一人称神，以杀猴责让之。后考之病狂，因渐化为虎，遂逸走入山，永失踪迹。这些故事带有浓重的报应色彩，一致强调：在尊重母亲对儿女的感情这一点上，人与动物本

来应该是相通的，人为一己私利的驱使，竟漠视这一种神圣感情，是决然应该受到谴责的。王仁裕《玉堂闲话》之《狨》篇，以极富感情的笔墨，揭露了猎人捕狨的残忍：狨者，猿猱之属，其雄毫长一尺，尺五者，常自爱护之，如人披锦绣之服也；极佳者毛如金色，今之大官为暖座者是

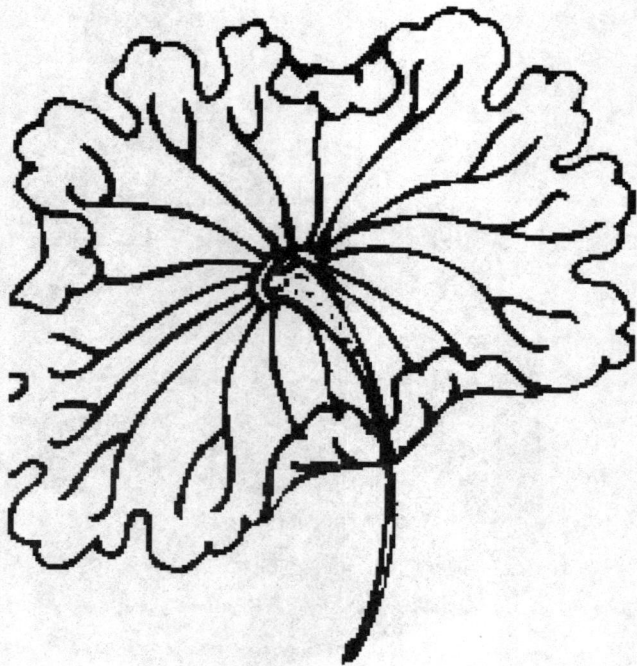

也。生于深山中，群队动成千万。雄而
小者，谓之猱奴，猎师采取者，多以桑
弧楛矢射之。其雄而有毫者，闻人犬之
声，则舍群而窜，抛一树枝，接一树枝，
去走如飞；或于繁柯浓叶之内，藏隐其
身，自知茸好，猎者必取之。其雌与奴，
则缓缓旋食而传其树，殊不挥霍，知人
不取之，则有携一子至十子者甚多。其
雄有中箭者，则拔其矢嗅之，觉有药气，
则折而掷之，颦眉愁沮，攀枝蹲于树巅。
于时药作，抽掣手足俱散。临堕而却揽
其枝，揽是者数十度，前后呕哕呻吟之

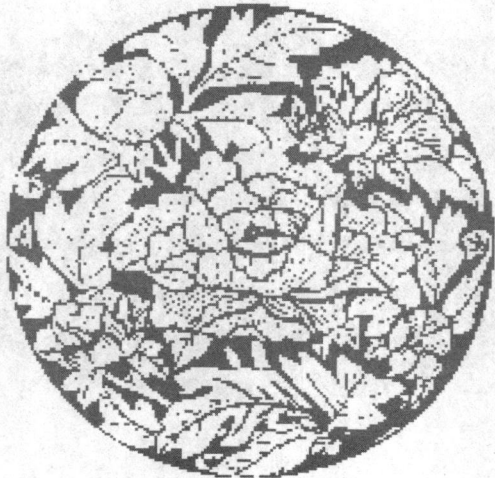

声，与人无别。每口中涎出，则闷绝手散，堕在半树，接得一细枝，稍悬身。移时力所不济，乃堕于地，则人犬齐到，断其命焉。猎人求佳者不获，则便射其雌。雌若中箭，则解摘其子，摘去复来，抱其母身，去离不获，乃母子俱毙。

作者以充满同情的心绪，纪录了作为珍稀动物的狨受人残酷猎杀的不幸遭遇，以及对它们既懂得如何自我保护，又重视保护自己后代的精神的歌颂。

（三）用将人化为异物的艺术表现手段来展开故事

《广异记》中的《张纵》篇，讲述了张纵因好啖脍，被罚作鱼的故事。通篇妙就妙在其人虽然在小说规定的情境中已经化为异物，且获得了异物之遭受人的折磨的种种体验，但仍不脱人自身的本性：已经变化成鱼的张纵，"至堂前，见丞夫人对镜理妆，偏袒一膊；至厨中，

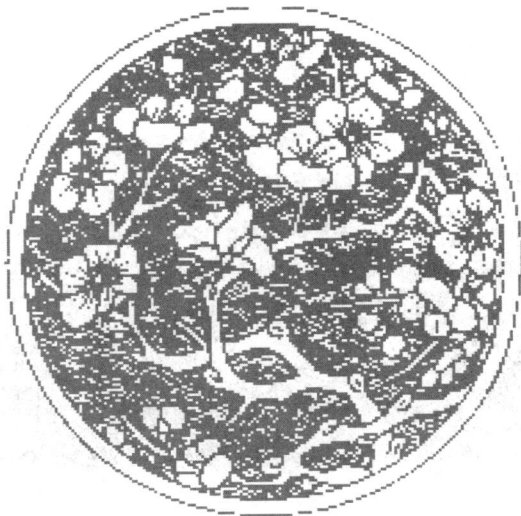

被脍人将刀削鳞，初不觉痛，但觉铁冷泓然"，这种心理感受，非人而又似人，文笔非常细腻。

再说李复言《续玄怪录》卷二《薛伟》，薛伟与张纵被罚为鱼不同，他是因爱鱼之乐，主动下水为鱼的。当他幻化为鱼，且充分体验到为鱼的无比自由所带来的快乐后，见到赵干所投之香饵，心亦知戒，曰："我人也，暂时为鱼，不能求食，乃吞其钩乎！"舍之而去；但终究敌不住饥饿的折磨，香饵的诱惑，思曰："我是官人，戏而鱼服，纵吞其钩，赵干

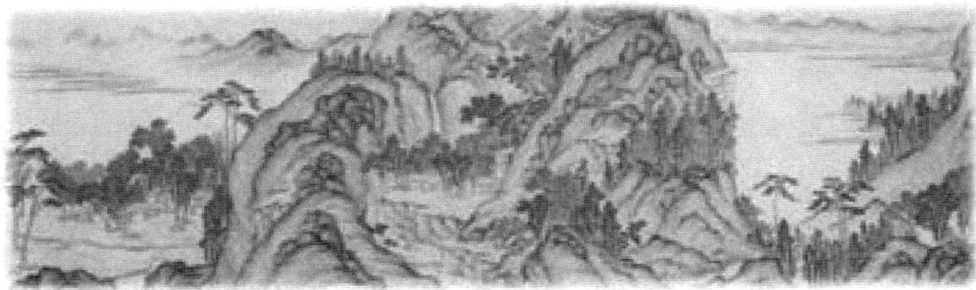

岂杀我？固当送我归县耳。"但当他真的吞下了钓饵，被捉了上去，谁也不曾把他当做官人，按颈于砧而斩之。人和自然本是互为依存、融为一体的，以艺术的手法让人幻化为物，并尝试着从物的角度反观人的作为是否合理，是一种理性的反思，它对于正确处理人和自然的关系，无疑是极有启迪意义的。

《西游记》对自然界的细腻观察和出色描写，一向为读者所称道。它既写到了优美的山水胜景，如"一派白虹起，千寻雪浪飞"的水帘洞，"金光万道，瑞气千条"的五台山，"岩前草秀，岭上梅

香"的万寿山，皆是婀娜多姿，充满生机，是人和千万生物繁衍栖息的最佳场所；又写到了许多恶山恶水，如"却有八百里火焰，四周寸草不生，若过得此山，就是铜脑盖、铁身躯，也要化成汁"的火焰山，"八百流沙界，三千弱水深，鹅毛飘不起，芦花定沉底"的流沙河，则是大自然对于人类，同时也是对于一切生物生存空间的限制和留难。还有那"夹道柔烟乱，漫山翠盖张，密密槎槎初发

叶，攀攀扯扯正芬芳，遥望不知何所尽，近观一似绿云茫"的荆棘岭，从自然生态的角度看，本来是堪称为优美环境的，但"荆棘蓬攀八百里"的过分繁茂，使得只有蛇虫可伏地而行，而对于人则成了难以逾越的障碍，于是就转化为一种"有害"的存在；柿子本是极好的果品，八百里满山尽挂金色的柿果，亦可算得上是极好的景致，但听凭柿树自生自长，不加管理，每年熟烂柿子落在路上，将

一条夹石胡同，尽皆填满，又被雨露雪霜，经霉过夏，作成一路污秽，遂成了环境污染之源，便朝着反面转化了。《西游记》的取经之路，从某种意义上可以说是一条在广阔的范围内巡视自然界生态平衡之路，而孙悟空所担负的则是改造恶劣环境的责任。他盗得芭蕉扇，行近火焰山，"尽气力挥了一扇，那火焰山平平息焰，寂寂除光；行者喜喜欢欢又扇一扇，只闻得习习潇潇，清风微动；第三扇，满天云漠漠，细雨落霏霏"，改

善了八百里的生存环境，使万物得以自由滋长，"地方依时收种，得安生也"。他又使猪八戒拱开稀柿同，"千年稀柿今朝净，七绝胡同此日开"，都属于这种性质。《西游记》还认为，这种人为的干预是应该有个限度的，并且应当采取正确的方法。面对八百里荆棘岭的拦阻，取经者怀有"直透西方路尽平"的愿望固然是正当的，但沙僧提出用"学烧荒"的方法，一把火将它烧了，便立刻遭到了务过农的猪八戒的反对："烧荒得须在十来月，草蓑木枯，方好引火。如今正是蕃

盛之时，怎好烧得！"从"人学"的角度
看，神魔小说还有一个鲜明而别致的主
题：人类的精神世界，人类的智慧、情
感、良知、爱心，离不开大自然的哺育；
人与人之间的关系，可以在正确处理人
与自然的关系中得到调适。

人与万物相比，人有意志，万物则
大多没有明晰的意志；人能言，万物则

大多不能以确定的声音表达自己的思想和感情。在处理与万物的关系的时候，人相对来说处于主动和支配的地位，因此，作为万物之灵的人，理所当然应该主动去关心它们的利益。在这个意义上，神魔小说则扮演了自然界代言人的角色，它着力宣扬人与自然之间的不可割舍的、无功利的崇高境界，倡导保护环境、爱护野生动植物的观念，至今仍不失其现实意义。

总之，神魔小说体现了对外物的关注，体现了人与自然的关系，采用将人化为异物的艺术表现手段来展开故事。我们沉浸于离奇故事的同时还要仔细体会其中所蕴涵的人与人、人与自然如何相处的深刻道理。

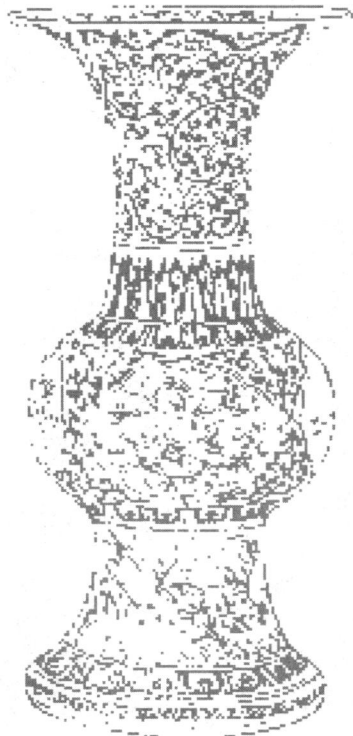

三、神魔小说的类型及代表作品

现代学者对神魔小说的分类存在着很多不同的观点，我们经常看到的是林辰、齐裕焜、刘世德、胡胜等人分别从不同的角度对神魔小说进行的分类。

一是林辰等编《中国神怪小说大系》中把神魔小说分为五类：（1）依附于历史故事的史话类；（2）依附于佛教故事的神佛类；（3）依附于道教故事的神仙类；（4）依附于人妖物怪的奇异类；（5）托神魔而寓世事的寓意类。

　　二是齐裕焜在《明代小说史》中把神魔小说分为三类：（1）由宗教故事演化而来的；（2）由讲史故事演化而来，即历史幻想化为神魔小说；（3）由民间故事演化而来。

　　三是刘世德按照主题的不同分为四类：（1）寻找、追求的主题；（2）斩妖、降魔的主题；（3）征战的主题；（4）修行成道的主题。

　　四是胡胜对以上观点进行了总结、归纳而分为三类：（1）依附于一定史事的史话类；（2）佛道类；（3）寓意讽刺类作品。

　　《西游记》之后，至明末短短的几十

年间，涌现出了近三十部内容各异、长短不同的神魔小说，迅速形成了与历史演义等明显不同的小说流派。这些作品的风格类型主要有三种。

（一）和《西游记》题材相关的书

《西游记》三大续书为：《后西游记》《续西游记》《西游补》。

《西游记》之后，人们创造了大量的神魔题材的作品，这其中有很大一部分

是与《西游记》相关的续书，或者仿书。《后西游记》就是其中的一部影响较大的作品，作者所设计的一系列地名或妖怪名称，如缺陷大王、解脱大王、阴阳大王、造化小儿、温柔村、十恶山、弦歌村、上善国、挂庵关竿，都明显带有寓意。而在具体展开情节时，作者以极高的兴致着力于寓意的揭示和发挥。比如造化小儿的描写，这造化小儿不过十三四岁，但本领高强，有个专用来套人的圈。这圈子分开来可有名圈、利圈、富圈、贵圈、

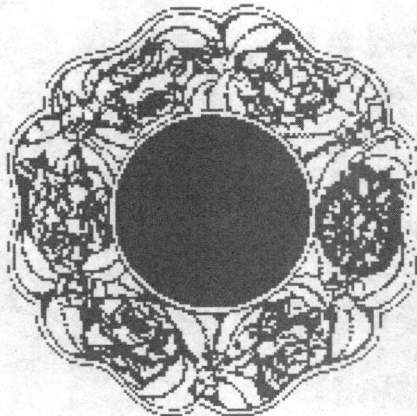

贪圈、痴圈、爱圈、酒圈、色圈、财圈、气圈、妄想圈、骄傲圈、好胜圈、昧心圈种种。造化小儿先后取出名、利、酒、色、财、气、贪、痴、爱等圈，欲套住小行者，均告失败。最后造化小儿取出好胜圈来，终将小行者牢牢套住。

影响比较大的还有《续西游记》，它是《西游记》的一部续书，其内容是写唐僧师徒第一次取经见如来佛后，在漫长的返回东土道路中发生的故事。主人公仍为唐僧与孙悟空、猪八戒、沙和尚。

原书所叙妖魔大多以要吃唐僧肉为目的，给唐僧造成八十一难。本书之妖魔则是要抢夺经卷，因为经卷能消灾祛病，增福延寿。唐僧师徒东回时，如来佛因悟空等来时降妖灭怪，杀伤生灵，违背佛规，提出回东途中应以诚心化魔，兵器不可同行，强行收缴他们的武器。孙悟空很不满意，一气之下说出八十八种机心，于是，便在归途中遇上了八十八种魔难。因孙悟空等没有兵器了，无法战胜妖魔，如来佛又另派优婆塞灵虚子和比丘僧沿途护送，并赐他们二人菩提珠八十八颗和木鱼梆子一个，让其在途中净心驱魔。小说情节曲折，魔难丛生，引人入胜。

另外还有《西游补》，作者是明末清初董说，共十六回。叙述唐僧师徒离开火焰山后，孙悟空化斋为情妖鲭鱼精所迷，渐入梦境，当了半日阎罗天子，曾用酷刑审问秦桧。后在虚空主人的呼唤下，

醒悟过来，寻着师父，化斋而去。作品情节荒诞，文笔诙谐，对晚明社会的世情世相作了深刻的批判和讽刺，在《西游记》的续书中最有特色。鲁迅于《中国小说史略》中对其赞赏有加，称其："其造事遣辞，则丰赡多姿……奇突之处，时足惊人，间以徘谐，亦常俊绝，殊非同时作手所敢也。"近来有学者认为《西游补》有西方意识流小说的风格。

（二）与神魔人物传记有关的作品

神仙在人们的心中有很重要的地位，所以民间对于各路神仙的出身始末，以及叙述其降妖除害、济世度人的故事颇感兴趣。在明代的神魔小说中出现了相当数量的为神仙立传的作品，例如像达摩、观世音、许旌阳、吕纯阳、萨真人、天妃、钟馗、韩湘子、华光、真武、济颠、

关帝、牛郎织女、二十四罗汉、八仙等。

作者在为某位神话人物立传之前，首先将与这个人物有关的古籍、传说及相关论说搜集到一起认真研究，待对这个人物基本了如指掌之后，再站在世界神话的高度去衡量一下这个人物的价值，"鸟瞰"一下这个人物在世界神话领域所处的位置，从而决定立传的切入点、侧重点。

这一类作品由于迎合了大众的心理，所以具有很好的市场，深受人们欢迎。

（三）与历史故事有关的作品

明代的很多作品都是以历史故事为题材，比较有代表性的作品有《封神演义》《西洋记》《三遂平妖传》等。

《封神演义》全书一百回。它一方

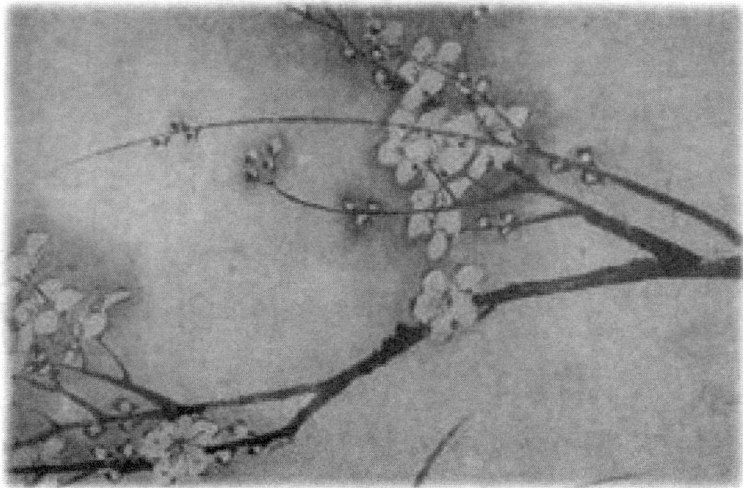

面把商纣王和周武王的斗争加以神化使一切正义之神都用他们的神通和法宝来帮助周武王，歌颂武王伐纣的斗争。这种反抗暴政肯定武王伐纣的观点，具有一定的进步意义。另一方面通过神魔斗法的描写，宣扬了宿命论和"三教合一"的思想观念，所谓"成汤气数已尽，周室天命当兴"的论调几乎左右了全书故事的发展。

《西洋记》全名《三宝太监西洋记通俗演义》。全书分二十卷，每卷五回，共

一百回。这部长篇通俗小说通过对郑和下西洋故事的演义，展开人、神、魔之间的种种矛盾冲突，表现了正义与邪恶的斗争。按照鲁迅先生对中国古代白话小说的分类法，它与《西游记》一样应归于"神魔小说"一类。据向达、赵景深等学者考证，同郑和一起下西洋的马欢写的《瀛涯胜览》，费信写的《星槎胜览》和巩珍写的《西洋番国志》为作者的创作提供了史实基础。奇幻丰富的想

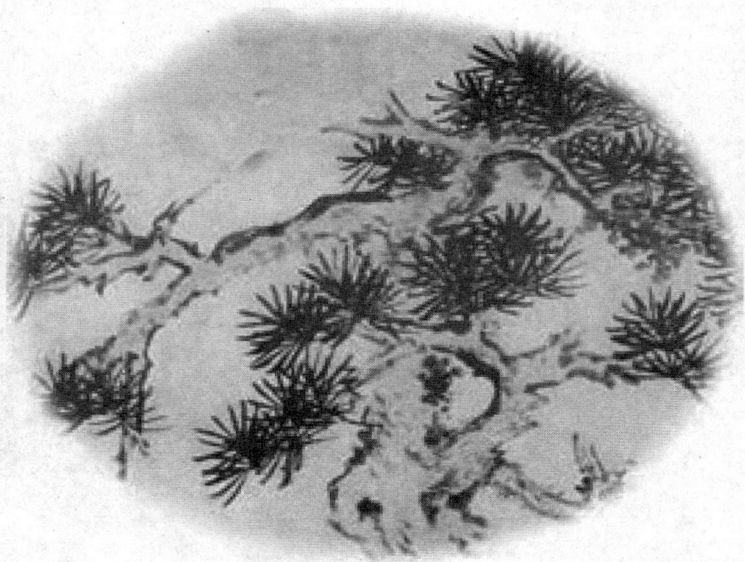

象、诙谐幽默的语言、千奇百怪的故事，以及书中历史、天文、地理、军事、宗教、生产、生活、医学、民俗、文学、语言等五花八门的知识，形成了这部小说富有趣味性和知识性的鲜明特点，使其成为明代"神魔小说"的代表作之一。

《三遂平妖传》是中国小说史上第一部长篇神魔小说，可谓神魔小说影响下的小说流派的先声。作者罗贯中以宋代的王则起义为背景，根据民间传说、市井流传的话本整理改编而成。《三遂平妖传》多写人间妖异事件，少谈方外神仙鬼怪。小说中的人物不是冰冷无趣的神仙鬼怪，而是血肉丰满、充满人情味的活人，他们的喜怒哀乐与常人并无不同，只不过在必要的时候才施展一下法术。此书内容是反对人民起义运动和称颂宋王朝对起义的镇压的，但在叙述中，从某些角度也反映了当时封建统治者的凶暴贪婪和军队中的腐朽情况。

四、《封神演义》

　　《封神演义》又名《商周列国全传》《武王伐纣外史》《封神传》，是一部成书于明代的中国经典神魔小说，故事情节精彩，人物性格鲜明。《封神演义》作者发挥其丰富想象力，参考古籍和民间传说创作而写成此书，本书充满了法术、神仙、妖魔、传说等，是中国文学史上难得的神魔小说经典之作。

（一）《封神演义》的作者与成书

在中国文学史上，对于《封神演义》的作者和成书问题，一直争议较大，研究者从多个视角展开论证，得出不同的结论。

柳存仁认为小说的作者为陆长庚。王沐指出《封神演义》的作者据晚近考

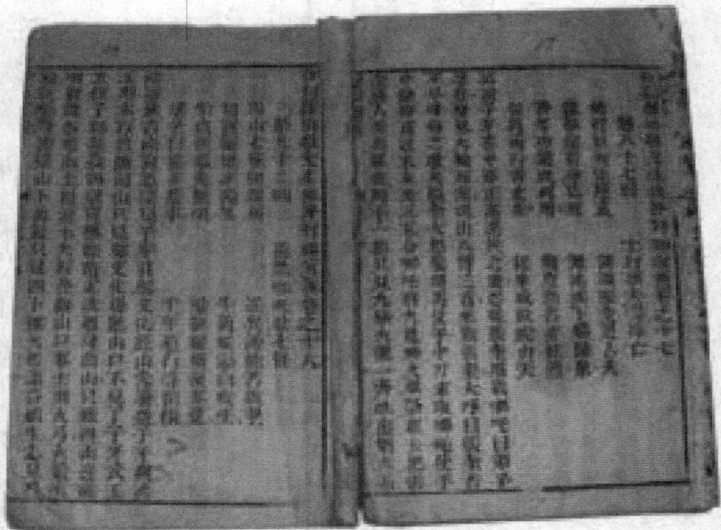

证为江苏兴化人陆西星。章培恒对此持否定态度，他认为小说属民间文学性质的作品，由许仲琳等写定。封苇指出，因为小说文本既攻击了儒家的王道理论，又讽刺了道家的天道观，所以推断作者可能是一个弃道归佛的人。徐朔方根据小说反映的地理情况的误差，指出小说出于文化水平不高的民间艺人或书贩之手。陆三强从小说中地理方位的模糊性指出作者应生活在中原、秦陇以外的地域。他又指出，《封神演义》属于文学史上的"世代累积型集体创作"，其编著者为陆西星。

现在学界的观点大家比较认同的是《封神演义》是由明朝的许仲琳编辑的。许仲琳（生卒不详），也写作陈仲琳，培钟山逸叟，应天府（今江苏南京市）人，明朝小说家。其生平事迹不详。作者以宋元讲史话本《武王伐纣平话》为基础，以古代魔幻神话故事为线索，再参考古籍和民间传说创作而成。

（二）内容介绍

《封神演义》共一百回，作品自纣王女娲宫进香，题诗冒渎女神，神命三妖惑乱纣王开篇。

一天，纣王去女娲宫祭祀，刚好在女娲神像前刮起一阵风，将女娲娘娘的面纱掀起。纣王看到国色天香的女娲娘娘顿起淫心，同时又觉得自己文治武功，将国家治理得富饶强盛，是人间伟大的王，后宫之中竟没有如此美女，心里也觉得不舒服，因此就在墙壁上写了一首淫诗：杏眼圆睁眉微弯，桃腮粉面貌如仙。他年随我把宫进，夜夜通更伴朕眠。大概是说女娲娘娘的美貌天下无双，自己很爱慕她，有点希望染指她的意思。女

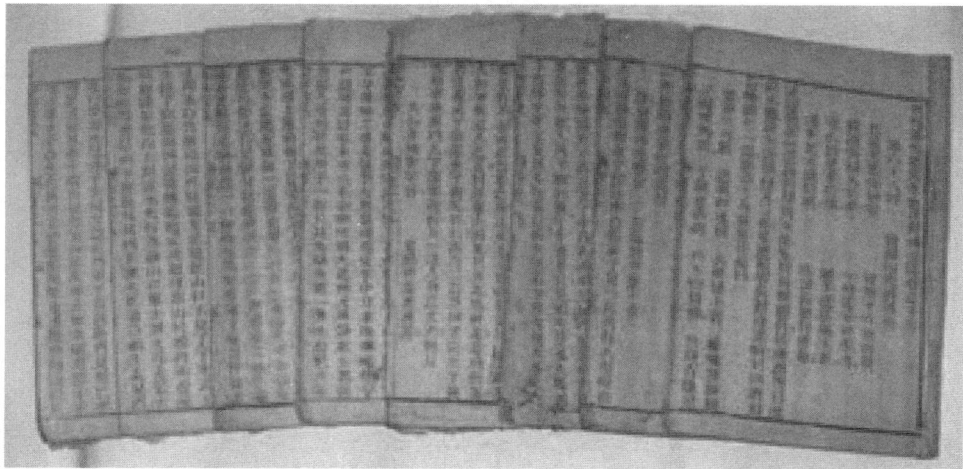

娲回宫一看，勃然大怒，从而派下狐狸精来颠覆商朝天下。

从第二回至三十回，写纣王无道。描写了殷纣王这个暴君终日沉湎酒色，昏庸无道，炮烙忠臣，诛妻杀子，重用奸佞，残害忠良，挖比干之心，剖孕妇之腹，种种暴行，令人发指。还写了西伯脱祸、姜子牙出世的故事。

西伯侯也就是周文王姬昌，殷商时周族人的领袖。由于他笃行仁政，尊老

爱幼，招贤纳士，深受周族人民的喜爱。同时，周围一些小部落也纷纷向他投靠，周族势力日益强大。殷纣王看到这一切，心里十分不安。他害怕周族人的强大，更害怕姬昌谋反。于是，就把他召到京畿，把他囚禁在了羑里（今安阳南17公里），使之与人民隔绝，后得释归。

姜太公姜子牙是东海上人士。在商朝时当过小官，商末民不聊生，纣王暴政，姜子牙辞官离开商都朝歌，隐居于蟠溪峡。并以长竿、短线、直勾、背身而钓

的奇妙方式去钓鱼。

姜子牙隐居十年，当他83岁时，周文王再度到访，在文王诚意请求下，姜子牙被拜为司马，辅佐文王。

接下来主要写战争，出现商、周交战的局势。

周文王死了以后，他儿子姬发即位，就是周武王。周武王拜太公望为师，并且要他的兄弟周公旦、召公奭做他的助手，继续整顿内政、扩充兵力，准备讨伐商纣。

这时候，纣的暴政越来越残酷了。商朝的贵族王子比干和箕子、微子非常担心，苦苦地劝说他别这样胡闹下去。纣不但不听，反而毫无人性地把叔父比干杀了，还叫人剖开比干的胸膛，挖了他的心，说要看看比干的心是什么颜色的。微子看见商朝已经没有希望，就离开朝歌出走了。朝中的大臣太师疵和少师强带了商朝的祭器乐器，纷纷投靠周武王。

有一天，武王得到探子的报告，知道纣已经到了众叛亲离的地步，认为时机已经成熟，就发兵五万，请精通兵法的太公望作元帅，周公旦、毕公高辅佐，渡过黄河东进。到了盟津，八百诸侯又重新会师在一起。周武王在盟津举行一次誓师大会，宣布了纣残害人民的罪状，鼓励大家同心伐纣。

周武王的讨纣大军士气旺盛，一路上势如破竹，仅用6天就打到距离朝歌七十华里的牧野。纣听到这个消息，只好仓促部署防御。但此时商军主力还在东南地区，无法立即调回，无奈拼凑了

十七万人马，由商纣王亲自率领，开赴牧
野迎战周师。在牧野战场上，当周军勇
猛进攻的时候，他们就掉转矛头，纷纷
倒戈，大批奴隶配合周军一起攻打商军。
十七万商军，顿时就土崩瓦解。太公望
指挥周军，趁势追击，一直追到商都朝歌。
商纣逃回朝歌，眼看大势已去，纣王下
令手下人把所有的金银财宝堆到鹿台上。
当夜，就躲进鹿台，放了一把火，跳到

火堆里自焚而死。

周武王灭了商朝，结束了殷商王朝近六百年统治，把国都从丰邑搬到镐京，建立了周王朝。最后以姜子牙封神、周武王分封列国而告终。

（三）主题思想与艺术风格

《封神演义》的思想内容较为复杂，研究者们对故事的根源、作品中民本思想的体现及当时的社会背景等问题展开研究，并形成了相对成熟的体系。

现在我们来看看几种影响比较大的观点。胡胜论证了作者创作思想中有一种来自题材与主题的矛盾。作品虽然不遗余力地再造神谱，但并没有抛弃对周文王仁政的歌颂和对商纣横暴残虐的痛詈；作者增加神异描写，大肆铺张诸神斗法，却无法摆脱周、商之争的史实限制。作者肯定武王伐纣、肯定以有道伐无道，但又与自己所塑造的仁君形象——周文王的"仁"有本质的冲突，最终将一切归于"天命"。

齐裕焜从多个方面对小说的主题思

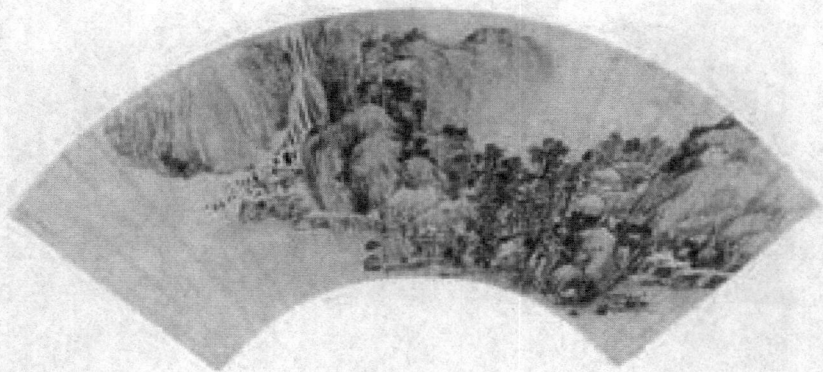

想进行探讨：首先，作品中反对暴政、歌颂仁政，反对愚忠愚孝、歌颂推翻暴君的正义之战，是民主思想的体现。其次，文王的愚忠，武王忠孝、仁厚与伐纣义举之间的矛盾是占统治地位的程朱理学主导作品思想的表现。再次，还批判了小说中的宿命论与天命思想。最后，他认为作品中三教同源思想和再造神谱的意图冲淡了其历史进步意义。

袁行霈指出，整部小说贯穿了以仁

易暴、以有道伐无道的基本思想。但不论正义与非正义，笼统地歌颂忠君精神削弱了作品的积极意义。

综合以上观点，本书的主题思想可以分为以下两个方面：

一方面，《封神演义》的主要倾向是反对暴政、歌颂仁政。通过设炮烙、造虿盆、剖孕妇、敲骨髓等情节，描写纣王的残暴不仁，从而揭示了反商斗争的本质。武王伐纣，在传统的观念中，被认为是以有道伐无道，以仁政代暴政的正义之举，作者的立场明确地站在推行仁政的周武王一边，从而揭露残暴无道的纣王。历史上的商、周是两个部族，

没有明确的君臣关系，作者把武王伐纣
处理为"以臣伐君""以下伐上"，是"灭
独夫"之举，姜子牙则以"天下者，非一
人之天下，乃天下人之天下也"的主张，
号召诸侯"吊民伐罪"，突出了双方的正
义与非正义性质。哪吒剔骨还肉、黄飞
虎反商归周等情节也进一步强调了"父
逼子反""君逼臣反"而不得不反的精神。
这些描写显然是与封建伦理规定的君臣、
父子关系相背离的，具有一定的进步意
义。书中对纣王沉湎酒色、久不设朝以

及任意诛杀大臣等描写，与明代后期朝政腐败的一些事实有相合之处，而它表现出来的那些新观念也显然与当时出现的社会思潮有着密切的联系。

另一方面，书中又充满着"成汤气数已尽，周室当兴"的天命观，在批判封建君主暴政和封建伦理观念的同时自始至终贯穿着宿命论观点。例如第五十九回纣王儿子殷洪说："纣王无道，天下叛之。今以天之所顺，行天之罚，天必顺之虽有孝子慈孙，不能改其想尤。"
这也是搬出"天命"的理论来为"不孝"
行为披上华丽的外衣。而最后殷洪、殷
郊因背叛扶周灭纣事业，落得个十分悲
惨的下场，因为他们违背了天意。在这
里，天命被置于封建伦理道德规范之上，
成为一种更为神圣的标准。这种宿命色
彩摧残了太多敢于抗拒天意的生命，当
读者发现即便是那些勇敢的生命在非道
德性的"命数"前也"渺沧海之一粟"时，
就不得不产生悲歌式的震撼。小说中变
幻无常的宿命悲歌触动了人作为"人"的
觉醒意识，迫使人去反省人作为"人"的
存在价值。作者的情节安排和人物刻画，
都是为了要表现"成汤气数已尽，周室
当兴"这一命定的主题，宣扬"三教合一"
的思想。

　　因此，在小说的具体描写中经常出
现矛盾。例如对闻仲、殷郊、殷洪等人
的愚忠愚孝，小说虽以悲惨的结局作了

批判，但同时又对他们表示同情和赞叹，说他们"如今屈指应无愧"。又如，描写阐教和截教之间的斗争，本是一场正义势力和邪恶势力之间的斗争，壁垒分明。但结果无论是为正义阵亡的人和神，还是倒行逆施的纣王和申公豹等截教中的神魔，却都一视同仁，皆大欢喜地"一道灵魂进入封神台去了"。许多人物在所谓"成汤气数已尽，周室天命当兴"的大结局下，几经反抗，也难逃命运悲剧。这就模糊了是非界限，调和了矛盾，大大削弱了它的积极意义。

《封神演义》作为明代神魔小说的代表作品，其丰富的艺术想象力和对读者的感染力历来为人所认同和称颂。古代

神魔小说中，《封神演义》当是神仙数量
最多的一部，且它赋予诸多神仙妖怪以
奇形怪状的容貌和各有特点的法术。如
杨任的眼睛，雷震子的肉翅，哪吒的三
头六臂，在地底行走的土行孙；高明、
高觉的千里眼、顺风耳，杨戬的七十二
般变化等，这些都新奇有趣，给读者留
下了深刻的印象。

五、神魔小说的影响

在明清时期，由于工商业的发展和资本主义生产关系的萌芽，出现了数量众多的书坊，这在一定程度上促进了神魔小说的发展。明清时期神魔小说的创作之风非常盛行，甚至与志怪风行的六朝比起来都有过之而无不及。经过了数千年的变迁，神魔小说的作品不但没有减少，而是一直发展至今，并且还有着很强的生命力。

神魔小说的作者们有意识地利用读

者喜欢新鲜事物、崇尚新奇的心理，宣扬神秘，追求新奇，寓规劝讽鉴于神秘的神魔世界的叙说描绘之中，成为作家们自觉遵循的普遍写作原则，这种创作之风一直影响后世。

胡胜在文章中曾指出，后代神魔小说中的一些群雄混战等场面的描写，大多是借鉴和继承了《封神演义》中诸神斗法、布阵的情节，可见《封神演义》对

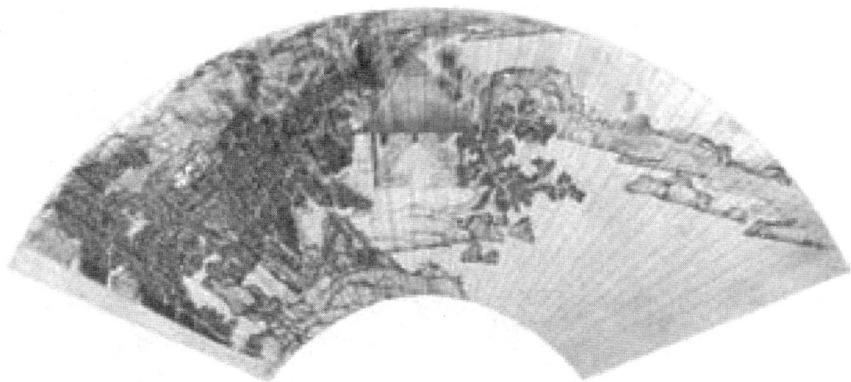

以后的神魔小说的写作有着深远的影响。

在神魔小说的发展历史中，影响最大的是《西游记》。《西游记》的出现，开辟了神魔长篇章回小说的新境界，是我国古代长篇浪漫主义小说的高峰。它是一部思想性和艺术性都臻于第一流的伟大作品，也是明代长篇小说的重要流派之一——神魔小说的代表作。以后清代的神魔小说大致也是沿着这些路子发展下去，出现了《后西游记》《钟馗斩鬼传》《绿野仙踪》等作品，但其总体成就没有一部超过《西游记》的。

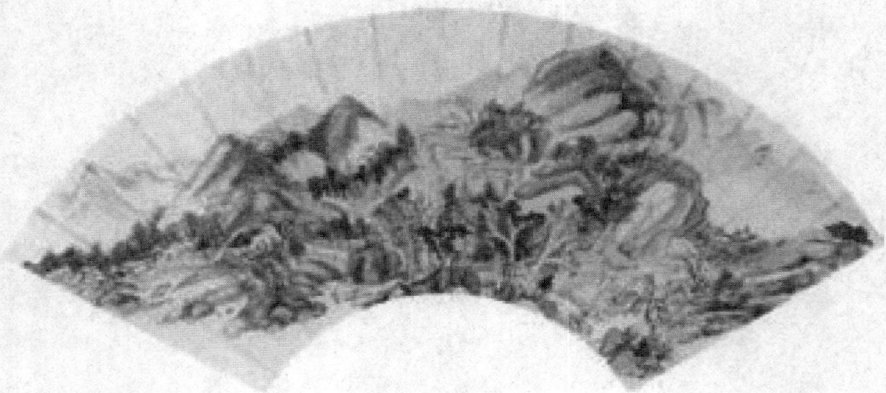

在世界文学史上，《西游记》的影响也是巨大的，占有很重要的位置。《西游记》经过几代人的努力，不断将其推向国际，引起了世界文学界的广泛关注。许多国家纷纷引进翻译、发行，或者改编成电视剧。早在1758年，日本著名小说家西田维则就开始了翻译、引进的工作，前后经过三代人长达74年的艰苦努力，终于在1831年完成了日本版的《通俗西游记》。到现在，《西游记》在日本的译本已经超过三十多种，还有许多改编本。在 1987 年 10 月，日本电视工作者把《西游记》搬上电视屏幕。

英国对《西游记》的最早译本见于 1895 年，是由上海华北捷报社出版的《金角龙王，皇帝游地府》，系通行本第十、第十一回的选译本。以后陆续出现了多

种选译本，其中以1942年纽约艾伦与昂温出版公司出版的阿瑟·韦利翻译的《猴》最为著名。由安东尼（即俞国藩）翻译的全译本《西游记》四卷，在1977-1980年间分别于芝加哥和伦敦同时出版，得到了西方学术界的普遍好评，产生了巨

大的影响，巩固了中国小说在世界文学史上的地位。

另外，法、德、意、西、世（世界语）、斯（斯瓦希里语）、俄、捷、罗、波、朝、越等文种都有不同的选译本或全译本。英、美、法、德等国的大百科全书在介绍这部小说时都给予很高的评价，认为它是"一部具有丰富内容和光辉思想的神话小说""全书故事的描写充满幽默和风趣，给读者以浓厚的兴味"。

神魔小说的出现和发展时间漫长，经历了不同时期的演变过程，逐渐成为在我国文学史上具有深远影响的小说流派。神魔小说的兴盛给明清文学在文学史上的地位画上了浓重的一笔，并且影响着后世文人的创作。同时，对世界文学的发展也起到了重要的作用。总之，神魔小说流派的出现在我国文学史上谱写了重要的一页。